KB006204

우화를 엿보다

시로여는세상 시인선 042

# 우화를 엿보다

김인자 시집

시로여는세상

시인의 말


종이배에 꽃잎을 실어
도랑물에 띄운 적 있다

바다까지 못 갈 줄 알면서도
잘 가거라 부디,
눈에서 멀 때까지 손 흔들어 배웅했다

그해 가을
씨앗을 품지 못한 꽃밭에서 몰래 울었다

이제, 꽃잎들의 영혼을 불러
하나하나에 이름표를 달아준다

힘들 때, 꽃잎으로 다가와 준 언어들
비록 덜 여문 씨앗들이지만
지천명의 강가에서 비로소 바다로 보낸다

2019 가을
서문리에서 김인자

# 차례

## 2부

# 3부

1부

# 앵글 속 유월

모살이 끝난 논에

허기진 왜가리 한 쌍

한나절 내내
굽혔다 폈다
폈다 굽혔다

나는 보았네

허리끈 졸라매고 김매시던

내 아버지
어머니를

# 윤삼월

진달래 툭툭 번지고
두견새 봄풀처럼 울던 밤
내 아랫배도 뻐근하게 울었다

엄마는 개짐*을 던져주셨고
아버지께는 발그레한 볼이 말했다

헛기침하던 아버지
외양간 소 내다 매고 분만을 도왔다
낫으로 쓱쓱 태를 잘라 먹이던
윤삼월 아침

그걸 왜 먹어요
그래야 내년에 좋은 송아지를 낳는단다

소가 육식을 하다니
놀란 개짐이 물컹거렸다

아버지 무덤가에 진달래 피던 날

첫아이 낳고

미역국을 먹었다


쇠고기 한 점 유난히 붉었다


*여성이 월경할 때 샅에 차는 물건. 주로 헝겊 따위로 만든다.

# 열쇠

큰아이 일곱 살 되던 해
목걸이 하나 걸어주었다

덤으로 동생을 얹어주고
내 집 장만하겠다고 달려 나왔다
제 키 높이만 한 손잡이에 열쇠를 꽂고
양손으로 매달려 문 열던

사랑만 먹어도 허기질 일곱 살배기
낮엔 동생 손을 잡고 밤엔
꼭 끌어안고 잠들어 있곤 했다
나는 너무 일찍 보호자를 만들었고 어른으로 만들었다
그 후 아들은 열쇠 꽂는 버릇이 생겼다

제 손으로 열고 간 대학을 호기롭게 나왔지만
세상에 널린 문은 호락호락치 않았다

― 이곳은 잘못 들어온 방이야

삼 년 빌어먹던 밥그릇 팽개치고
또 다른 곳에 열쇠를 꽂았다
하지만 모든 문은 다 닳아있었다

열쇠는 가끔 오류를 범했다
목에 몹쓸 것이 붙었습니다, 의사 입이 열리고
아들은 수술실로 들어갔다
열쇠를 놓친 아들 방 창문이 한동안 캄캄하게 흔들렸다

— 저도 부모님처럼 자력으로 집 장만할 거예요
삼 년 전 보금자리 튼 아들에게
변변한 열쇠 하나 깎아주지 못했다
목걸이 대신 넥타이 매는 아들이 말한다
— 저희 사월에 넓은 집으로 이사해요

아들을 위해 기도한다
이제 네가 여는 모든 문이 안녕하기를
그리하여, 꽃 닮은 색시랑 언제나 봄날이기를

# 멸치볶음

어머니가 보내주신,
고추 넣어 볶은 멸치에선
아리고 맵싸한 세월 맛이 난다

육 남매 치다꺼리에
산으로 논밭으로
멸치 볶듯
달달달 살아오신 어머니

당신처럼 꼬부라진 멸치를 볶으시며
잠시나마 지난 삶을 돌아 보셨을까

아닐 거야
오로지 자식 입에 넣어 줄 궁리만
가득하셨을 거야

죽어서도 눈 뜬 멸치
가만가만 씹으니 울컥, 목이 멘다

허리 굽으신 어머니

이 세상 뜨실 때

눈 못 감으실 것 같아…

# 소리도 알아주는 이에게 든다

이 집에 세탁기를 묻어 놨나봐
잘 들어봐
촤르륵 촤르륵 소리 들리지?

낡은 주택을 수리해 살던 시절이 있었다
일구덩이에서 허우적거리다 돌아와 눕기만 하면
어김없이 돌아가는 소리
피곤에 절은 여자를 헹구느라
세탁기 밤마다, 밤마다 돌았다

잘 들어보라니까
오늘도 안 들려?
아니, 저 소릴 못 듣다니

씻어내지 못한 시간이
빨래처럼 휘돌다 뒤엉키는 밤
세 번의 강산이 변하고서야 알았다

내 남자 아직

세탁기 버튼이 어떻게 생겼는지 모른다

# 음악 시간

감정 표현이 음치인 남자가 있다

치매 노모를 깨우는 일은
새벽부터 큰 숙제
딸그락 딸그락 부엌 전주곡에
노모 손을 잡는 남자

참새들 입 모아 합창할 때마다
나무들 촉, 촉, 잎 피우고
남자가 한 옥타브씩 키울 적마다
이불 속을 파고드는 노모

어제까지 부르던 말랑한 노래는
어디다 버렸나
목울대를 길게 뽑아 올리는 남자

여자가 흩어진 음 모아 밥을 담고
국을 뜨고 수저 챙기는 동안

몇 번의 고음 끝에 일으켜 앉히는 남자

숏구쳤던 엇박자를
세 식구가 조용히 삼키는 아침
여자는 남자가 품은 악보를
눈감고도 읽어낸다

노모 향해 세운 목울대가
미안하오 고맙소
아내에게 바치는 노래라는 걸

# 태풍 전야

아내의 또 다른 말은 '안해'
집 안의 태양이라는 의미라는데
사내에게 여자는 볕이 되지 못한다

제비처럼 조잘조잘 떠들다가도
집구석에 뭔가 걸렸다하면
침묵 모드로 급변하는 여자

커지는 도마질 소리를 죽여도보고
빳빳해지는 치맛자락을 감춰도 보지만
그럴 때마다 압축했던 불만들이 튕겨 올라
팡팡 터지는 레퍼토리

종일 떠든 TV가 목쉬겠다고
우산은 펴 말려서 보관하라고
신발 흙은 왜 집에까지 들였느냐
양말은 뒤집어 놓지 말랬잖아

몇 번의 강산이 바뀌도록
똑같은 노래만 불러 젖힌 여자

일터에서 여자가 돌아오기 전
남자는 안전대비 태세로
구석구석 만전을 기한다는데
생글거리며 귀가한 여자가
돌연, 돌연히 고요해지면

그 순간이 가장 긴장된다고
억수, 억수로 초조하다고

# 송별 1


새 차 들이던 날
중고차 업자 차 가지러 왔다

미처 작별 인사도 못 한지라
열쇠만이라도 품어보자 했는데
바람처럼 데리고 사라졌다

며칠 후 날아든
말소사실통보서
강원 27두 ○○○○(폐차)

유언 한 줄 없는 통보서를 받은 순간
죄스러움이 울컥,

남편과 맞서 보지도 못하고 달려 나와
막말을 토해도
샛길로 들어 길을 잃었을 때도
한눈팔다 제 머리가 박살났어도

절대 일러줄 줄 모르던

서랍 속 잠자는 보조키를 꺼내
두 손으로 꼭 포개보는데
불쑥, 몸이 하는 말

이봐, 당신도 다 돼 가잖아

# 풍년 들다

봄볕이
대지의 잠을 깨우던 날

언제 들었는지 모를
불명의 씨앗 하나
발아하려는지
봄은 내 어깻죽지에서도 달싹거렸다

실뿌리 내리는가 싶더니
영역을 넓히는지
등 너머까지 들썩이며
길을 내는 게 아닌가

놀라워라
저무는 몸에도
이토록 힘찬 생이 자랄 수 있다니
불면不眠이 이리도 찬란하다니

올여름

몸 밭이 춤을 추겠다

대풍 들겠다

# 입동

8층 베란다에 앉아
멀뚱히 번지는 녹음만 내다보시던
어머니

도려 온 미나리 쏟아놓자
반들반들 윤나게 손질하면서도
연신 주변만 나열하신다

텃밭 부추가 잘라먹게 됐을 텐데
고추도 심어야 하는데
마당 풀은 누가 뽑나

멋쟁이 앞집 새댁도
뒷집 곰보 할미도
내가 죽었나 할 거라며
에미가 해주는 밥도 좋지만
살던 집이 편하다고

툭 툭 던지는 미나리 따라
점점 멀어져가는 기억

큰아들 집이
당신 마지막 집이라 노래하시더니
막상 닥쳐보니 추우신가

미나리 무침을 올리자
거머리 사는 풀이라며 쓰윽, 밀어내신다

# 흉년

모내기해놓고
암 덩이 경작하시던
아버님

대서가 지났을까

어두운 낯빛에
흔들리는 동공으로
병실 밖 들판을 더듬으시며

링거 수액처럼
다문다문
떨어지는 말씀

에미야
베꽃 필 라 믄 안 즉 멀 었 제

# 우화羽化를 엿보다


공원, 버드나무 아래
얌전한
담요 한 장

꼬물꼬물
청춘 한 쌍

바깥세상 빠끔히 내다보더니
연신 팔랑거린다

날개가 돋으려나 보다

# 굴비 유감

영광이 고향인 후배가 굴비를 보내왔다

밖으로만 떠돌던 그의 직업처럼 소금기에 절은
몸에도 찬기가 묻어온 것인데
어서 따스운 데로 들어가거라, 오븐에 넣고
나름 인맥도 노릇노릇 잘 구워왔노라
흐뭇이 바라보았던 것인데
택배 상자를 버리고 온 서방이 남자 이름을 봤는지
가자미눈을 하고 오븐 안을 자꾸 꼬나보는 것이다

뭔가 마뜩잖은 상상이라도 한 것인지
밥상에 올린 굴비에 젓가락도 대지 않는 것인데
그러거나 말거나 나는 접시를 끌어안고
손가락까지 쪽쪽 빨았던 것인데

숟가락 먼저 놓은 서방은
요즘 때아닌 오징어로 풍어를 맞았다고
술렁거리는 TV를 후다닥, 꺼버리는 것이다

# 어금니를 뽑은 후

한동안 들먹이던 어금니를 들어냈다

생각을 안 한 것은 아니지만
보내 놓고 나서야 알게 된 사실
고통보다 더 아픈 건 허전함이란 걸

절룩거릴 적마다
너 없는 자리 울컥, 눈물 고인다

살아간다는 건 어차피
몸 한 조각씩 떼 내는
아픔의 연속인 것
손톱보다 작은 조각 하나에
나 이리 비틀거리는데

아직 남은 세월
이 몸뚱이 다 버릴 때까지
얼마나 더 많은 날을 울어야 할까

# 빨래

바람 따라가고 싶다

여울목에 젖은
내 영혼

그러나
갈 수 없다

오늘도 어제처럼
말라가고 있다

이 청청한 날

2부

# 귀가

청춘을 바쳤던 일터와
작별하고 온
보따리 하나
조용히 집으로 들었다

보따리에서 쏟아지는
우산 수건 공로패…

파랑 많던 세월
눈물 흘릴 일 왜 없었으리
우산 쓸 일 땀 닦을 일
왜 없었으리

한 집안의 기둥인 그가,
그럴싸한 명함의 주인이었던 그가
가장 당당하게 귀가할 날에
어미 잃은 아기 새처럼 돌아왔다

# 봄, 절정

신축아파트 공사장 너머엔 무논이 있다

개구리들 짝짓기 소란스러운 밤
빛보다 빠른 게 여자들 입이라지
영산홍 철쭉 아줌마들
무리무리 무논 쪽으로 몰려가는데

아휴, 저 일을 어째

훔쳐보는 재미에 넋 나갔는지
치부 열린 줄들 모르고 킬킬거리네
교성이 자지러지는 밤
저들 몸 대책 없이 달아오르는데

밤낮없이 쿵덕거리던
신축아파트
이 봄엔 저도 못 참겠는지
뻘끈뻘끈 허공을 찌르고 있네

속절없이

베갯잇 자락에 고였던 눈물이 쏟아지네

# 구두

조카에게 선물한
하이힐 한 켤레

지구가 도는 게 맞다며
뒤뚱거리는 모습 해맑다

조카는 모르리
걸을수록 조여들고
숨 막히는 세상을

물집 잡힌 자리 상처되고
상처 자리 옹이 되고
옹이 진 자리마다 눈물이란 걸

한 발짝 한 발짝
세상을 내딛는 새내기에게
뒤축을 수없이 갈고도
아직 비틀거리는 내가

선물이라 들이밀며

밖으로 내몰고 있지 않는가

# 감자 1

아파트 쓰레기장에 버려진
쪼글쪼글 감자들
세월 꽤나 자셨겠다

자갈밭 헤치고 호미 날에 찍히며
단맛 쓴맛 다 삼켜도
밍밍한 몸뚱이

짭짤하지 못한 것은 맛도 아니라고
밖으로 내몰린
저 생들

눈 딱 감고 살아야
속 편한 세상
그래서 감자는 세상 나올 때
아예 눈 감고 왔던 것일까

아이들도 떠나버린 놀이터에

종일 해바라기처럼 피어있던
앞 동 파킨슨병 할머니 근황이
불현듯, 불현듯 궁금하다

# 흑백 사진첩

들판을 뒹굴고 달리던 아이야
나비 쫓던 아이야
갈피마다 묻어 둔 꿈을 들고
내 사는 세상으로 달려오는 아이야
너는 그곳에 살으렴
내 밟은 이 땅에선 차마 널 안을 수 없구나

천연색으로 치장한 이 세상
명도 높은 명함들이 판치는 이곳
우중충한 내 명함은 주머니 안에서 구겨져 가고
휘청거리며 돌아오는 귀갓길
오늘도 발부리에 차이는 별만 세었다

신비로울 것 같은 세상 귀퉁이엔
썩어가는 영혼들의 악취가 짙어가고
고상하게만 보이는 색색의 실타래가
저들끼리 엉키어 길을 잃는 곳
보호색을 잘 띠어야 살아남는 벌레처럼

시시각각 변해야 살 수 있는

아이야
너는 그곳에 살으렴
보호색 필요 없는 그곳에서
너른 들판 나비 쫓으며
사뿐사뿐 살려무나
나풀나풀 살으려무나

흑과 백 뚜렷한 세상에서

# 딱지치기

빈틈을 찾아
샅샅이 살핀 후
몸을 던져야 해

팅겨내는 바람에도
끄떡 않을 땐
펄떡이는 심장끼리 부딪쳐야지

섣불리 몸집을 부풀리다간
제 꾀에 넘어가기 십상
손발 없이 몸뚱이로 살아가려면
틈을 안 주는 게 상책이지

내가 뒤집히면
네가 웃고
네가 뒤집히면
내가 웃는

너와 나의 가슴에
새겨진 ×표

우리는 이미
세상에 던져지던 날부터
경계의 빗장을 지르고 온 것일지도

# 해상 일기

체한 말 뱉자니
파랑 일겠고
삼키자니 명치 아프다

그대들은 별일 없이
안녕하겠지만
나는 초침마다 신물 올랐다

뱃머리에 엎드려 속을 게웠다
다 못 게운 언어들이
밤하늘에 촘촘했다

배는 한 척인데
사공이 넘쳐
오늘도 항해를 접어야겠다

섞이지 못한
기름과 물의 날들

시간이 약이라니 또 삼켜야지

직립했던 체기는
닻을 내리는데
내일 바다 날씨는 알 수가 없다

# 기도

유산이라곤 어린 남매가 전부인
남편 손 놓친 그녀는
바람 숭숭 드는 천막 안에서
호떡 장사를 한다

한결같이 미소가 밝았지만
때론 호떡 소처럼 검붉은 눈물을
쏟기도 했다

둥글게 빚어도 둥글어지지 않는 삶
납작납작 눌러도 부푸는
빈 주머니
노릇노릇 구워내도
집안에 스미는 황달

틈만 나면
새벽부터 센터에 나가
종일 봉사하는 그녀

하느님
뒤집어져야만 사는 게 호떡이잖아요

열일곱 해를 뒤집으며 살았어도
뒤집어지지 않는 그녀의 삶에
새해엔 꼭 붕새의 날개를 달아주세요

# 화분 일기

유리창 너머
봄날을 손꼽으며
그 긴 겨울을 맨몸으로 건넜구나

털갈이하는 짐승처럼 쭈그려 앉아
메마른 흙을 움켜잡고

살아야 해
살아야만 해

달빛이 심장에 얼어들고
별들이 눈앞에 바스러지던 새벽
뿌리 끝 떨림은 차라리 희열

화초도 주인을 닮는지,
볕도 들지 않는 아파트 복도 끝에서
스스로 햇살 되어
환하게 피어나는

군자란 꽃무리

# 봄밤 소동

논이었고 산이었던 자리마다
허물고 다지고 돋우면
아파트가 주인 된다

종일 비 내리던 날
신축아파트 현수막 걸린
바싹 마른 웅덩이에 물 고이자
초저녁부터 소동이 벌어졌다

개굴개굴 개굴
본디 이곳은 우리가 주인이라고
개골개골 개골
개뼈다귀 같은 세상이라고
일제히 목청을 돋우는데

공터로 자러 온 중장비들
못 들은 척
어둠만 끌어다 뒤집어쓴다

허허,
지난밤 그 아파트 무얼 드셨나

조간신문 갈피마다
억, 억,
토악질이다

# 불닭 광고

이름:불닭
특성:화끈하고 달콤함
영업시간:24시간배달
서비스:소주 & 콜라

오늘도 불그스레한 화장을 하고
부재중인 현관문에 찰싹 달라붙어
외롭게 돌아올 당신을 기다려요

저기 엘리베이터로 당신이 오네요
제발…
버리지는 말아 주세요

당신의 하루가 밋밋하셨다면
언제든지 연락하세요
원하시는 입맛에 맞춰드리는
상큼한 도우미가 될게요

자, 주문을 하시지요
뜨거운 맛을 원하세요
달콤한 맛을 원하세요
서비스는 무얼로 할까요
톡, 톡, 짜릿함으로
나른한 몽롱함으로

그래요, 오늘 밤 당신의 입속에서 춤추는
화끈한 불닭이 될게요
하지만 야멸차게 나를 찢지 마세요
한 때는 푸른 하늘을 꿈꾸던 한 마리 새였지요

기억해주세요
닭목 꿩과의 새,
실은 이게 내 본명입니다

# 거울

플라스틱으로 찍어 만든
빨간색 개집
아치형의 문이 좁아
강아지는 늘상 목만 늘였다

동네 골목 한번 나가지 못하고
세상 밖은 아예 모르는,
아는 것이라곤 마당을 비추는
작은 하늘뿐

아침이면 하나둘씩 여닫고 나간
대문 안에서
흐르는 구름만 쳐다보다가
말라붙은 밥그릇에 날아온 쇠파리와
그저 그런 눈빛만 주고받았을

오늘은 무슨 가슴앓이로
땅 구덩이를 파헤쳤을까

발톱은 닳고 뭉그러진 채
두 눈가엔 개진 개진 눈물 자국도

# 폭염 1


섬버덩
택이네 암소가
복지경에 몸을 풀었다

엄마, 여기가 사하라인가요?

미안하다 아가야
세상 삼복을 건너려면
일찌감치 된맛도 봐야 한단다

# 폭염 2

내게로 왔다

눈빛 뜨거운
사내

한 철
더운 입김으로
숨 가쁘게 해놓고
밤새우게 해놓고

아무 일 없었노라
아무 일도 없었노라

좁아 드는
창문 너머로 사라지는

저 태연함

# 입추

퇴직을 코앞에 둔
사내

창밖을 한참 내다보더니
혼잣말을 한다

들판이 누우런 걸 보니 벌써 가을이네

자작자작,
주방에도 밥물이 잦아들고 있었다

3부

# 손말

두 장의 파스를 쥐어 주며
저녁마다 등을 내밀었는데요
수십 년을 살았어도
따스한 눈빛 한 번 못 받았는데요
미안하다 사랑한다는 말은 안 배운 건지
못 배운 건지는 모르겠는데요

암튼, 그간 바가지로 잡수신 투정만 해도
배가 산을 이루었을 텐데요
나 같으면 입이 수십 번도 더 열리고도 남았을 건데요
이 무슨 계란으로 바위치기나 싶어 체념했는데요
그 속내 처절히 궁금치도 않았는데요

양 어깨에 한 장씩 붙여주곤
철썩철썩 치는 난데없는 퍼포먼스가
갑자기 뭔 일인가 싶었는데요
글쎄, 그 두꺼운 손이 하신 말씀 읽는 데는
단 몇 초도 걸리지 않았지 뭐예요

# 약속

언니야
올해도 어김없이 개구리가 울어

개구리 울면 논 가까이 민박 얻어
밤새도록 수다 떨어보자던 말이
오늘밤 내 안에 자꾸 와글거려

생떼 같은 자식을 가슴에 묻고
아무 일 없는 척 보려했었다며
남의 집 소문은 왜 이리도 빠르냐고
울먹이던

이젠 예전처럼 대하기는 힘들 거라고
가슴 답답하면 미시령 옛길 돌아
개구리 소리가 내 수다인 듯
조용히 듣고만 갈 거라던 그 말

오늘따라 허공 가득 메우는

개구리 울음이
언니의 통곡이지 싶은 밤

봄 오면 같이 온다 했으면서
왜 혼자만 왔냐고
개구리들도 눈물 큰 밤

언니야
이젠 어디서 어떤 소리로 만나자해야
다시 볼 수 있을까

# 폭우

카톡!
자정 넘은 시간
친구의 다급함이 뛰어들었다

빚진 듯 가슴이 철렁,
또 물벼락을 만났나 보다

— 인자야, 종일 쏟아지는 저 먹장구름 뒤엔
분명히 밝은 태양 있지?

간절한 기도 제목 같은
'분명히'
눈물이 왈칵 솟는

힘들 때
내 말 한마디가 위로됐다던
그녀에게

― 여기도 비가 퍼붓는구나


눈 뜨면 식당에 알바 나갈
그녀의 밤이
빗소리 크기만큼 궁금했지만


비겁한 나는
우산도 되지 못할 한 줄 문자로
빗속 까닭만 타진하고 있다

# 편지 1

아기 반달곰을 길들여
자연으로 돌려보내는 환경스페셜을 보았다

자연과 유사한 환경에서
철저히 사람 손길임을 모르게 길러
지리산으로 방사한 스무 마리 중
유독, 등산객을 쫓아다니며 구걸하던 한 녀석
알고 보니 다리 골절로 사육사 보호 아래 지냈다 한다

떡잎부터 온전히 세우려
속내 감추고 든 회초리에
끅끅 울음만 삼키던 손자들이 안쓰러워

— 그 어린 게 뭘 알겠냐 크면 다 괜찮다 괜 찮 다!

어머님 말씀에 귀를 닫고
냉정하게 길들여 품 떠나보낸 지
두어 해

성년의 날 아들에게서 날아든 편지 한 통

— 부모님 저를 단단하게 키워주서서 감사합니다
부끄럽지 않은 성인이 되겠습니다 지켜봐 주세요

아들의 편지를 아들인 양
맘껏 안아보던 날
첩첩산중에 발을 내디딘 반달곰들의
무거운 발자국 소리 들었다

# 사진

아버지 지갑에서 나온
한 장의 증명사진

반백의 머리에 주름진 얼굴
뙤약볕에 그을린 모습은
웃으시는지 우시는지
한 장의 사진에
아버지 세월이 고스란히 담겨있다

매일 아침
거울 앞에 앉는 나,
오늘은 젊은 날 고단하신 아버지가
그 안에 계신다

난 사진 안 찍으련다
웃으며 찍어도
우는 속내 들킬지 몰라

오늘도 지친 몸 이끌고 골목길 접어들면
저만치 아버지를 닮은
십 년 후의 내가
담벼락에 기대어 울먹이고 있다

# 장마

사내의 밥은 술이다

꺾일 줄 모르는 그의 자존심은
밤마다 먹구름을 불러들이곤 하는데
정작 본인은 허튼 구름 따윈 잡지 않는단다

비척거리며 끌고 온 먹구름에
여자는 갖은 퇴치법을 써보기도 하지만
세상 모든 통로가 벽이 된 사내 앞에선
먹히는 일은 거의 없다

저장해 둔 먹구름을 띄워놓고
약발 다 떨어진 주문酒文을 재탕하던
심사가 꼬였던지
번쩍, 번쩍, 벼락을 때리고 천둥을 부른다

호우경보를 직감한 새끼들이
새파랗게 질려 질금질금 오줌을 지려도

사흘이 멀다고 치르는 기우제는 취소되지 않는다

동공이 커진 새끼들을 날갯죽지에 품고
여자는 다급히 기청제*를 올려보지만
끝내 사내는 거센 물살을 게워낸다

급류 속에서도 살아남는 법을
터득해버린 여자
만신창이 몸으로 쑥대밭을 기어오른다

소강상태를 맞이한 그 집
여자는 습관처럼 수해복구에 들어갈 것이지만
언제 퍼부을지 모를 기습 폭우는
절대 예보가 없다


*입추가 지나도록 장마가 계속될 때 날이 개기를 빌던 제사.

# 폭염 3


담장 아래
파종한
오이씨 한 줌

단 한 포기
세상을 향해 기지개를 켰다

뙤약볕 아래
야윈 몸으로
꽃을 피우고 떨구고

애타게 기다린 단비만큼
고통스러운 입덧이었나

초가을
이슬 젖은 아침
지친 잎새 뒤에

등 굽은
오이 하나

# 가랑비에 옷 젖지요


재해라는 놈은
우리가 눈치채지 못하게 서서히 온단다


개구리를 비커에 넣고 은근히 달구면
탈출 시기를 놓치고 결국 죽고 마는 것처럼


가위소리 미용실에 드나들던
한 여자
치맛자락 끌고 올 때부터 알아봤지만
치마 길이가 점점 짧아진다는 걸 몰랐을까
속눈썹이 짙어진다는 걸 그녀는 몰랐을까


근간 술렁이는 소문을 빌리자면
오밤중 맨발인 채
서방에게 내 몰렸다던데


그 여자
비커 속 개구리처럼 따뜻한 물에서

잘바당 잘바당 유영하다
뜨거워지는 줄 몰랐을까

죽음의 도가니인 줄 정말 몰랐을까

# 숨은그림찾기

건강검진을 받는다

초음파기를 든 의사는 몰래 그려 둔
내 핑크빛 장미를 찾겠다며
몸 안을 검색한다

잘 보이지 않는다고 배를 한껏 부풀리란다
쉽사리 드러나면 어쩌나
이럴 줄 알았다면 비밀번호라도 걸어둘 걸
갈등 끝에 내뱉는 고해성사

— 큰 그림만 보니 못 찾죠, 그림과 그림 사이를 잘 보세
요 쉽게 찾을 수 있을 겁니다
— 음, 아무것도 보이지 않는데요 돌멩이 서너 개 밖엔…

아, 아,
꼭꼭 숨겨 둔 내 그림 어디로 사라진 걸까
기억의 창을 띄워 놓고 샅샅이 뒤져보지만

검색 창에 보이는 활자

검색 결과에서 찾을 수 없습니다
검색 결과에서 찾을 수가 없습니다

삭제된 몸을 끌고
뇌 정밀검사실로 향한다

# 팔다

가끔 어스름이 발목을 잡는 날
숙이라는 동생을 불러 술 한 잔씩 한다
그날엔 삼삼한 후배들과 합석하였지

조금 늦을 것 같아 서방에게 전화를 걸어
숙이랑 한잔한다고 곧 들어갈 거라고
슬쩍, 숙이를 바꿔주기도 했는데
울 서방 떨떠름하게 받아버렸지

엊그제
이웃집에서 냉동 홍시를 한 바가지 갖다주기에
홍시라면 사족을 못 쓰는 서방에게 생각 없이 내놨지
웬 떡이냔 표정으로 어디서 난 거냐 묻기에
순간 왜 숙이를 둘러댔나 몰라

— 언젠가 지나가는 말로 당신이 홍시 킬러라 했더니
꼭 형부만 주라던 걸

얼떨결에 뱉은 말이
내가 생각해도 참 반들거린다 싶더라고

그런데 슬쩍 훔쳐본 서방 입술이
홍시처럼 몰랑몰랑거리는 게 아니겠어

# 갈등

귀를 막을 걸
그 말을 왜 들어 밤을 지새우는지

비밀이라고,
절대 누설해선 안 된다며
친구는 왜 저도 감당 못 할 말을
내게 했을까

형체도 없는 존재가 밤을 갉아먹는데
육중한 이것을 어찌 가벼이 던졌을까
이럴 줄 알았다면
약속이란 단어는 배우지나 말걸

밤은 귀를 바다처럼 펼쳐놓고
내 안에 낚싯대를 드리운다

어쩌나
마음이 슬슬 근지러운 걸 보니

발도 없는 요것이 길을 나설 모양인데
그 길 끝에서 나는

터질 듯 터질 듯한 말들을 누르며
오래오래 서성이네

# 말 못 하지

파마할 때 머리에 씌우는 비닐 모자는
안쪽이 잘 마르지 않는다

미용실 밖
산란중인 은행나무를 한참 쳐다보다
그 아래 자전거 보관소가 눈에 들어왔지

하나같이 치켜든 안장이 먼지 옷을 입고 낡아가기에
모자를 헹궈 씌워보니 바람이 솔솔
말리기엔 안성맞춤

내친김에 죄다 씌워 놨으니
말릴 때 바꾸기만 하면 되는 일

자전거 주인인 할아버지
냄새를 눈으로 맡으셨는지
이걸 자네가 한 거냐, 벌름벌름 묻는단 말이지
먼지가 앉아 씌운 겁니다, 두 손 공손히 포갰더니

할머니와 손녀를 우리 미용실로 들이밀었단 말이지

그 비닐 모자
은행알보다 구린 냄새 막음 하는 건데
재료 사면 공짜로 주는 거라 말 못 하지

말리려고 씌웠단 말은 더욱 못 하지

# 현금인출기 앞에서

마음 궁한 날
사랑을 인출하러 은행에 간다

어서 오세요
카드를 입력해 주세요
비밀번호를 눌러 주세요
소중한 정보가 노출될 수 있으니
충분히 가린 후 입력하세요

당신의 기록을 읽고 있습니다
잠시 기다려 주세요

대출한 적 있으시군요
연체가 많으시군요
삐-익!
횡령한 적도 있으시네요

죄송합니다

고객님은 사랑 남용 해당자이므로

서비스가 지원되지 않습니다

창구에 문의하세요

# 길 위의 여자

남들이 모르는 길이 있다

샛길로 가도 안 되고
이탈을 해도 안 되는
방향 표지판도 청신호도 없는
나만의 전용도로

내 어머니의 어머니
그 어머니의 어머니가
혀 내두르며 걸어온
그 길을 부르트게 밟고 온 여인이
당신의 딸에게 맨발로 가라 했다

관습의 옷을 입혀 놓고
제도의 길을 걸으라 했다
다소곳해야 한다.
고분고분해야 한다

순종하지 않으면 가차 없이
말 화살이 날아드는
세상에서 가장 무서운 길

돌아가기엔 너무 멀리 와 버린
더는 내디디고 싶지 않은
주저앉을 수 없는 길 위에서

오늘도 한 여자 길을 묻는다

# 동지

1.

닭장을 짓고 청계靑鷄를 들인 언니 부부는 틈만 나면 들
여다보는 게 유일한 낙, 넉 달 지나면 알도 낳을 거라고

2.

우리 청계들이 낳은 알이야, 공장표 알과는 비교도 안
된다며 푸르스름하니 이쁘지, 너무 이쁘지? 마치 자식인
양 자랑을 앞세워 건네주기도

3.

스무 해 전, 외동아들 이름을 횡단보도 위에 지우고 숨
을 쉬는 게 이상하다고 목구멍으로 밥알이 넘어가는 내
가 어미냐 통곡하던

4.

알을 품던 어미가 병아리를 까던 날 엄동에 잘못될까
어미 닭이랑 아들 쓰던 방으로 들였다고

5.

너무 이쁘다고, 너는 이런 소리 들어봤냐고 요즘 형부랑 애들 크는 거 보며 산다며 삐악거리는 동영상을 보내주기도

6.

어미 닭이 소란스러워 닭장으로 밀어 넣고 오는데 날개를 푸드덕거리던 것이 눈에 밟혀 용서받지 못할 죄를 졌다며 아들 앗은 그 인간은 발 뻗고는 못 살았을 거라고

7.

날개에 힘 올린 병아리들이 가구를 놀이터로 삼아 결국 어미 품으로 돌려보낸 날, 서로 몰라보더라면서 이담에 우리 아들도 날 몰라보면 어떡하냐고

8.

병아리를 키우던 빈자리를 연신 두 손으로 쓸던 언니는 캄캄한 밤을 안주로 술을 삼킨 그날이 올 들어 가장 긴 밤이었다고

4부

# 손톱


몰랐어요
닿을 수 없다는 것을

조금, 조금씩
꽃물들인 날들을 잘라냈지요

어쩌지요
떠나지 못하고 있네요

야윈
반쪽 달

# 감자꽃

초여름 하늘가
뻐꾸기 울음 푸르더니
어머니, 올해도 감자꽃이 피었네요

당신 그늘에서
딴엔, 머리들 굵었다고
치고받고 불거짐에 마음 부르터도

초연히 앉아
치맛자락 덮어주며
창백해져만 가던 그 안색
내 어찌 다 알겠다 하겠습니까만

거친 세상
데굴데굴, 한 알 감자로 구르다
씨눈 한쪽 내어 줄 때 되고 보니
조금, 아주 조금은 알 수 있을 것 같습니다

뻐꾸기가 왜 그리 울었는지를

# 송별 2
― 능소화


담장 위
저 위태로운 여자들

윤기 잃은 안색으로 보아
내 나이쯤은 됐겠네

더는
피울 수 없는
낙화하기엔 아직 이른

폭염 장마에
붉으락푸르락
숱한 밤 뒤채더니
죄다 치마끈 풀어 던졌네

푸른 시절이
쓸려가는 골목이
꽃 비린내로 흥건하네

# 끝에 피는 꽃

제 속으로 끓여
다 내어주던 냄비가 바닥에 꽃피웠다

생을 다할 때면 꽃을 피우는가
한 생애가 부르텄다

한 송이 꽃을 피우는 일은
가슴으로 삼킨 눈물 쏟아내는 일
안고 있던 불덩이 내려놓는 일

바다보다 푸른 서방을 바다에 담보 잡히고
하루하루 던져주는 생선으로
다섯 남매 키웠다는 요양원 순이 할머니
야위신 얼굴에 저승꽃 만개했다

— 할머니, 얼굴에 꽃이 피었네요
— 꽃이 왜 내 얼굴에 피나 마당 끝에 피지

순이 할머니
한동안 애기 같은 웃음을
방마다 환하게 뿌렸다는데

그해 가을
주인을 기다리던 마당 가 꽃들이
하나같이 씨앗을 품지 않았다는 흉문을
꽃 피는 봄날에서야 들었다

# 오월 하늘 아래서

젊음을 논밭에 뿌린 당신
저 무성한 묵정밭을
어찌 그냥 두신답니까

평생 동무 삼던
늙은 암소 쓰러진 후
논물 보러 가셨다 삽자루 끌고 오신 새벽
당신의 심장은 지천명에 잠들었던가요

청청 하늘 아래
당신만 두고 내려올 적
희미한 골짜기마다
쉰일곱 청춘이 뻐꾸기 울음으로 돋아났지요

마음 둘 곳 모르시던 어머니
호미 끝에 걸린 시름 한 짐 쌓아놓고
올해도 건너편 산 소리 들으십니다

거북 등 닮은 손으로 따주시던 산딸기

뻐꾸기 울음 따라

스무 해째 빨갛게, 빨갛게 익어갑니다

# 감자 2

종이상자 안에서 썩어가는 감자들
선명하게 찍힌 호미자국에서
검은 진물이 흐른다

하지 감자 기다리다
쌀독 긁던 엄마
화전 밭으로 내달려 밭고랑 파헤치듯
느닷없이 들이민 쇠 날 같은 말에 찍힌
내 가슴의 화농도 저러할까

시커멓게 뭉크러져 내린 저 진액은
제 상처 어루만지다, 만지다
도리 없어 쏟아낸 눈물은 아닐까

덜 썩은 감자를 골라
상처 도려내고 눈물 닦아
마당 가 화단에 심는 아침

새순을 기다리는 나보다 먼저

한 줌 햇살 내려앉아

흙 속으로 온기를 밀어 넣고 있다

# 숲을 추억하다

여름 숲속에 들면
아버지 낫질 소리 들린다

마을앞 개울 건너 함박골에는
나뭇가지만 흔들릴 뿐
이제 아버지의 모습은 보이지 않는다

이윽고,
좁은 골짜기에선 작은 산 하나가 일렁이며
아버지 등에 업혀 나온다
게걸음으로 가쁜 숨 몰아쉬며
휘청휘청

지게를 타고 물 건너온 숲은
집 마당에 커다란 산을 만들었다

한여름 밤
― 갈비* 들어간다 입 열어라

― 울력이여~ 울력이여~

하늘을 걷어 찰 듯
번쩍 치켜든 작두날을 쾅쾅 내리밟을 적마다
잘려진 숲은 아이들과 함께
또 하나의 산을 만들었다

조각난 숲을 꾹꾹 밟으며
계절을 지나간 아이들은 어느새 또 한 살을 먹고

겨우내 함박골 이야기로 곰삭은 숲은
이듬해 아버지 등에 업혀
가을을 기약하며 떠나갔다

*굵은 나뭇가지를 비유적으로 이르는 말.

# 꽃밭

국민학교 시절
여름방학 숙제로 꽃밭 가꾸기가 있었습니다

─ 마당도 좁은데 꽃밭은 무슨 꽃밭!

자르시는 엄마의 한 마디에도
골똘히 꽃밭 만들 궁리만 하였습니다

굴뚝 모퉁이에
돌멩이 울타리로 만든 작은 꽃밭
올망졸망 심은 꽃모종들은
또 하나의 숙제인 동시를 주며
참 예쁘게도 피었습니다

추수철 나의 꽃밭은
밀어붙인 엄마의 뚝심으로
콩 단 깻단 낟가리 터가 되고
뭉개져버린 꽃이 된 심정으로

온 가을 야속한 엄마를 원망했습니다

육 남매 출가 후
엄마의 뜰 안은
형형색색의 꽃들로 가득합니다

난초는 아버지
천리향은 오빠
백합은 딸들 얼굴로 떠오른다며
그늘진 얼굴에 햇살 받아 품어내신 물안개가
굴뚝 모퉁이에 환한 무지개를 걸었습니다

# 싸리꽃 연가

계절은 어디로 가는지
동그마니 산길 모퉁이에 앉아
보랏빛 미소로 바라봅니다

소리 내어 말하지 않으렵니다
그저 내 안에 삭이기만 하렵니다
아릿한 내 맘
행여, 산새들에 들킬까 몰라

혹독한 여름
안으로 다독인 서러움은
작은 잎새에 봉인하였습니다

가지마다 무거운 사연 담은 채
잎 지고 바람 부는 가을 산에서
이 온몸 서럽도록 춤추는 것은

계절이 어디로 가는지
도무지, 도무지 알 수 없기 때문입니다

# 편지 2


고향에도 꽃이 피었겠지요
이곳 분당에도 절정이네요
식사 잘 챙겨 드시고 쉬엄쉬엄하세요


늦은 점심 뜨려는데
아들로부터 날아든 꽃잎 같은 안부가
숟가락에 앉는다


순간, 목울대가 출렁~
꽃물이 남실남실
꽃잎이 어룽어룽


에잇, 봄날 꽃피는 거 어디 한두 해 봐!


짐짓, 나는
차오르는 꽃물을 찬밥으로
밀어, 밀어 내리는데
TV에선 종일 남녘 소식을 퍼 올리기에 뜨겁다

# 과수원을 지나며

검푸르게 짙어가는 유월 숲을 보면
밀면 다 문이 될 듯 밀어붙이던
고향 이웃 할머니가 생각난다

아들 먼저 보내고
며느리 재가시킨 후
약초 캐고 품앗이로 바동바동 살아도
손자라면 깜빡 죽던
철이 국이 할머니

남의 집 과수원에 몰래 들어가
모종한 들깨 다 밟아 쳤다고
매 맞고 울고 오는 두 손자를 앞세워

느집 개가 삶아 처도 때렸겠느냐
에미 애비 없다고 깔보는 거냐
아가리 찢어졌으면 말해 보라고
멱살 잡고 펄펄 뛰며 악쓰는 통에

결국 무릎 꿇은 과수원집 내외

가만, 가만히
과일 향 짙어가는 유월을 들춰보면
그 옛날 허기진 철이 국이가
배짱만이 재산이던 할머니 품에서
다디달게 자라고 있다

# 이제야 알겠네

여섯 남매 키워
분가시키신 어머니
찾아뵐 때마다 늘 입맛 없으시단다

만날 누워만 지내니 그렇지요,
돌아오는 길
운동 좀 하시라고 툴툴거렸다

밥자리 찾아 간 두 아들
객지로 보내놓고
종일 천장만 쳐다보는 내게
누군가 하는 말

아주머니 점심 안 드시나요?

방안을 둘러보니
뻐꾸기 한 마리
오후 세 시를 가리키고 있었다

# 벚꽃 지다

길을 나선다
설렘으로 다가와
바람처럼 사라진 널 찾아

머물다간 자리
잎새들 훌쩍임은 강물처럼 번지고
아득히 멀어져 간 너의 등 뒤로
오늘도 황사바람 분다

소중한 것은
멀리 두고 보는 거라고
오래 머물지 않음이 더 아름답다는 걸
이미 알고 있었던 걸까

멀리 논두렁에 왜가리 한 마리
긴 목 빼고 날아간 산발치에
찢어진 입산금지 깃발
흐느낌이 요란하다

# 꽃 날


엄마의 텃밭에 모인 자매들
꽃 검색 앱으로 야생초를 찍는다


낯익은 풀꽃들을 찍으며
그 옛날 불러주지 못한 이름들을
중년에서야 불러준다


꽃향유, 병아리풀, 가시박…


장난기 발동한 막내
무슨 꽃인가 보자며 언니들에게 들이댄다


읽을 수 없으니 재검색하란다
그래도 아직은 꽃이라며
좋아라, 다시 들이대는 불혹의 동생


환갑인 언니는 존재하지 않는 꽃이란다
인식을 잘 못 한 거라며 다시 찍으라는 억지가

까르르르 세월을 허무는데
할미꽃 닮은 팔순의 엄마 한 말씀 하신다

살아있으니 이런 날도 있구나

# 봄날이 간다

뜨개질 달인이었다는 어머니
농한기엔 식구들 옷만 짜셨단다

꽈배기 무늬 옷만 입고 자라서
당신 삶이 꼬였다며
오로지 민무늬만 짜셨다 한다

첫째 딸을
세 살 되던 봄에 놓친 날
뒤꼍에선 이름 모를 새가 한 철 울고 갔다고 했다
그 후, 민자 판에 화조花鳥무늬 스웨터를 짜 입고
아들 넷만 키우셨단다

팔순이 지난 어느 해 봄
스웨터 꽃잎이 하나둘 흩어지고
날개깃도 툭 툭 떨어졌다

줍지를 못하시는 어머니

그제야 자식들은 코를 놓치셨다는 걸 알았다

여든 일곱 번
미역국을 드신 어머니
꽃밭 같은 손주들 숲에서도 여전히
놓친 코를 찾지 못하신다

화조를 품었던 시간이 흔들린다

민무늬 같은 심심한 들판에 꽃 피고 새우는데
어머니의 정원에는
봄이 다시 오지 않을 것 같다

인고의 길에서 터지듯 피어난 시의 꽃,
그 가슴에 훈장을 달아주고 싶은

이어산 시인, 문학평론가

# 인고의 길에서 터지듯 피어난 시의 꽃,
## 그 가슴에 훈장을 달아주고 싶은

이어산

사람의 인연을 믿는다. 필자와 김인자 시인과의 인연을 지금까지 밀고 온 것 역시도 우리는 종교적인 표현이 아니더라도 이미 정해진 길로 가고 있는 것이라 믿는다. 김인자 시인의 글을 읽는 일은 그녀의 마음 깊은 속을 들여다보는 기쁨과 설움을 동시에 누린 호사였다. 애환이라는 단어와 희망이라는 단어가 읽는 내내 글 위로 겹쳐졌다. 한 사람의 인생이 시를 빌어 온전하고 고요하게 깊은 뿌리를 내리고 있었다. 흙탕물에서도 희고 화사한 꽃을 피우는 연꽃으로 그녀는 단아한 글로 살아가고 있다. 고운 일이고 너무나 멋진 일이다. 이 멋진 시인의 글을 함께 얘기할 수 있어서 행복한 작업이 되었다.

봄을 말하는 얘기 속에 가장 먼저 생명이 등장한다. '진달래'라는 봄과 '아침'이라는 봄과 '엄마'라는 생명과 '개짐'이라는 생명이 연결돼 있다. 아버지는 이 모든 조합의 연결고리가 되어서 등장한다. 그녀가 가졌던 사람의 고리는 그렇게 그녀에게 윤삼월로 왔다.

진달래 툭툭 번지고
두견새 봄풀처럼 울던 밤
내 아랫배도 뻐근하게 울었다

엄마는 개짐을 던져주셨고
아버지께는 발그레한 볼이 말했다

(중략)

아버지 무덤가에 진달래 피던 날
첫아이를 낳고
미역국을 먹었다

쇠고기 한 점 유난히 붉었다

　　　　　　　　　　　　　　　　　　 ―「윤삼월」에서

125

다시 봄은 역회전을 시도한다. 윤삼월에 피던 진달래가 아버지의 마지막에 핀다. 그녀에서 첫아이가 났다. 아버지가 고리가 되었던 사랑이 다시 새로운 고리를 지니고 봄이 시작되었다는 것을 아프게 말한다. 그 시어들이 눈물방울처럼 매달린 길을 지나왔다. 시어란 말 그대로 시를 이룬 문장과 그 안의 단어들이다. 그럼에도 시어라는 특별한 이름을 붙이는 이유는 단 하나다. 시가 되기 위한 최소한의 필요충분조건을 채워준다는 뜻이다. 그렇게 따지면 세상의 모든 언어는 시어이다. 그 단순한 언어를 가져와 시인의 예지와 힘으로 시답게 만들어 쓴다. 그냥 있으면 본연의 의미 외는 별다른 용도가 없던 글이 시인이라는 거름망을 지나면서 갑자기 빛을 얻어 환골탈태의 새로운 옷을 갈아입는다. 그런 점에서 시인은 모국어를 빛내는 연금술사가 분명하다. 그 역할의 일부를, 아니 김인자 시인의 글에서만큼은 전부를 감당하는 시어가 감동을 준다.

좋은 시인은 그 역시 좋은 시를 써서 세상의 한 귀퉁이라도 밝혀준다. 그것이 시라는 장르가 고대의 존경받던 그리스의 시인 '사포'나 '호메로스'로부터 지금까지 변함이 없는 시대를 대언하는 대변자로서의 역할로 사는 시인들의 덕이다. 김인자 시인의 역할은 그녀를 이룬 가족의 회복으로 시작이 된다. 지나간 시간 속에서 아직 굳은 존재로 남은 아버지와의 회복을 '시'라는 거름망을 통해 상처를 걸러내 온전히 남는 사랑을 쓰는 일을 하고 있다. 그 회복에의 의지는 시와 시로 연결이 된다. 고리로 거듭되는 의지의 시를 그녀는 지금도 쓰고 있는 것으로 보인다.

모내기해놓고
암 덩이 경작하시던
아버님

대서가 지났을까

어두운 낯빛에
흔들리는 동공으로
병실 밖 들판을 더듬으시며

링거 수액처럼
다문다문
떨어지는 말씀

에미야
베 꽃 필 라 믄 안 즉 멀 었 제

—「흉년」 전문

제목이 주제가 되는 시를 흉년에서 선명히 본다. 평생 농사를 지으신 아버님이 병상에 누우셨다는 이야기를 한다. 그분의 인생에 흉년이 왔다는 말이다. 그분은 병상에서도 농사 걱정이시다. 수액을 맞으면서도 오직 농사가 걱정이시다. 순박한 영혼을 지닌 시아버지의 모습에 그녀의 심성이 투영된다. 맑고 군더더기가 없는 시에서 여운이 긴 애절한 종소리가 난다. 우리의 이전 세대가 이렇게 저물고 있다. 드릴 것은 마음이 전부인 인연의 끈을 붙잡은 깊은 사랑의 이심전심이다.

> 열쇠는 가끔 오류를 범했다
> 목에 몹쓸 것이 붙었습니다, 의사 입이 열리고
> 아들은 수술실로 들어갔다
> 열쇠를 놓친 아들 방 창문이 한동안 캄캄하게 흔들렸다
>
> —「열쇠」에서

　농사는 이제 그녀에게로 이어진다. 열쇠로 불리운 그녀의 아이들 농사는 순조롭지 못할 것 같은 위기를 나름의 질서를 지니며 잘 헤쳐 나왔다. 아들의 심성 역시도 평생 농부였던 할아버지의 순정을 그대로 받았나 보다. 동생까지 건사하며 바쁘고 고단한 엄마의 농사에 큰 힘이 되었다. 그 아들의 목에 걸어준 열쇠는 70년대 80년대를 살아온 어머니를 둔 아이들의 생명줄과도 같은 의미였다. 아이들을 위해 일을 하는데도 정

작 아이들은 집 밖으로 내몰린 악순환의 시절이었다. 그 '열쇠가 오류를 범하였다'고 썼다. 아들의 건강에 이상신호가 왔다. 다시 여기서 우리는 혈연으로 이어지는 필연적인 플롯을 본다. 역순이 되는 듯 반복되는 일들이 실은 운명으로 서로 맞물고 있다. 아들은 다시 그대로 물려받은 심성대로 자신과 가족의 농사에 충실할 것임을 이제는 더 쓰지 않아도 알겠다. 열쇠를 물린 세대의 아픔이 '열쇠'라는 직접적인 대상을 제유화 시켜서 그것을 통해 훨씬 농도 짙은 아픔을 말해준다. 시의 묘미란 이런 대상의 적극적인 극대로 말하고자 애쓰는 바를 그 이상으로 전달시키는 것이다.

치매 노모를 깨우는 일은
새벽부터 큰 숙제
딸그락 딸그락 부엌 전주곡에
노모 손을 잡는 남자

참새들 입 모아 합창할 때마다
나무들 촉, 촉, 잎 피우고
남자가 한 옥타브씩 키울 적마다
이불 속을 파고드는 노모

— 「음악 시간」에서

남편을 통해 다시 시간의 역행이 시작된다. 시간을 돌리는 열쇠를 지닌 시인의 힘이 부모님 세대의 고통을 전부 가서주는 시간까지 불러온다면 얼마나 좋을까? 어른들의 고통은 병상에 눕는 노환이나 심각한 질병에서 놓여나기 힘든 것임을 잘 보여준다. 나이를 숫자로 먹는 이유는 그 나이만큼의 숫자대로 약이 늘어나는 것과 같다던가. 치매를 앓으시는 노모를 돌보는 아들의 모습은 시아버지의 암농사를 걱정하던 며느리와는 사뭇 다른 풍광이다. 이번에는 제목 그대로 음악 시간을 방불케 하는 것이라고 쓴다. 노모의 기억이 지워지고 있는데 아들인 우리는 그런 어머니를 속수무책으로 바라보는 역할뿐인 현실이 안타깝다. 이제 어머니는 지워진 기억 저 너머에서 살고 있건만 할 역할이 없다. 그저 한 옥타브씩 음성을 키우는 일이 고작이다. 참새의 말도 알아듣던 아이가 어머니를 각성시킬 옥타브를 연습하는 중이다. 이런 음악 시간은 두 사람에게 어떤 기억으로 남게 될까? 기억이 없는 사람과 기억뿐인 아내의 시선은 귀로 열리고 눈으로 만져진다. 이 조합의 화음으로 시가 태어났으니 그것으로 족하다고 말해야 하나?

눈 딱 감고 살아야

속 편한 세상

그래서 감자는 세상 나올 때

아예 눈 감고 왔던 것일까

아이들도 떠나버린 놀이터에
종일 해바라기처럼 피어있던
앞 동 파킨슨병 할머니 근황이
불현듯, 불현듯 궁금하다

—「감자 1」에서

　날 때부터 강원도의 감자로 났던 시인에게 감자라는 제목이
주는 뉘앙스가 참말로 궁금하다. 무슨 연유로 앞 동의 파킨슨
병 할머니까지 모아서 눈을 감고 나온 감자라 통칭했을까? 그
궁금한 이야기 전부를 전문에 실어 할머니를 부각시키지 않
고 마지막 연에서 떠올리는 형식을 사용했다. 아마 평소의 언
어습관이 이러하리라. 말을 기발하게 하는 것을 우리는 말을
잘한다고 하지만 말을 잘한다는 것은 어쩌면 정직한 말을 가
장 정직이 필요한 순간에 기승전결을 빌어 토해내는 것이 아
닐까? 시는 말로 그린 그림처럼 보여주는 가장 평이한 수법이
기 때문이다. 이야기가 있고 시인은 그 이야기를 구상하는 프
로듀서다. 같은 상황, 같은 이야기라도 조금 더 강한 이미지를
줄 수 있는 방법을 쓰려 애쓴다. 이야기를 각인시켜 그 이야기
가 주는 이미지를 대상에게 남기려는 것이 시라는 장르인 덕
이다.

아파트 쓰레기장에 버려진

쪼글쪼글 감자들

세월 꽤나 자셨겠다


자갈밭 헤치고 호미 날에 찍히며

단맛 쓴맛 다 삼켜도

밍밍한 몸뚱이


짭짤하지 못한 것은 맛도 아니라고

밖으로 내몰린

저 생들


'감자'의 전문을 뒤로 돌린 역순을 거슬러 가는 작업을 통해 필자는 시가 지닌 매력에 대해 한 번 더 강조를 하고자 함이다. 시는 어순과 배열로도 그 역할에 대해 힘을 더할 수도 뺄 수도 있다. 앞 동 할머니의 이야기를 먼저 앞의 연에 쓴 후에 뒤를 바꾸어 올렸다면 감자가 말하고자 하는 본질을 더 효과적으로 표현을 할 수 있다. 시를 쓰고 난 후의 퇴고는 순서를 다듬는 일만으로도 큰 효과를 가져온다. 퇴고란 시를 물리는 일이 아니라 물린 시를 끌어올리는 역할도 한다. 요즘 유행하는 '죽은 무엇을 살리는 일'이 퇴고라는 말이다. 이런 강조는 백 번이라도 고쳐서 하고 또 하고픈 작법이다. 시를 잘 쓴다는 말을 역으로 하면 결국 잘 고친다는 뜻이다. 일필휘지로 쓴 글에도 좋은 시가 나올 수 있지만 매번 그렇게 된다는 것은 거의 불가능한 일이다. 그러므로 "퇴고는 시의 시작이고 중간이고 마지막이 되어야 한다."는 시론은 오늘에 와서 더욱 주목을 받고 있다. 퇴고로 죽은 시도 살릴 수 있는 기회이니까.

김인자 시인의 재능에도 이런 역변이 요구된다. 시를 다양하게 쓰는 일이 정말 쉽지 않은 탓도 있지만 그런 경험을 통해 전혀 다른 시를 쓸 기회를 얻는 것은 글을 30년 이상을 써온 필자로서도 반갑기 그지없는 일임에 틀림이 없다. 자신만의 색을 가진다는 말은 결코 한 형태의 시만을 고수하라는 뜻이 아니다. '낯설게 쓰고 다르게 쓴다'라는 말의 느낌 그대로 우리가 시를 변화시킬 주체가 되는 것을 누구보다 잘 아는 관계로 변화를 모색하는 여러 방법 중 하나를 퇴고를 통해 시도하면서 시를 쓴다는 외로운 길을 잘 열어 갈 것을 권하는 바이다.


체한 말 뱉자니

파랑 일겠고

삼키자니 명치 아프다


그대들은 별 일 없이

안녕하겠지만

나는 초침마다 신물 올랐다

뱃머리에 엎드려 속을 게웠다
다 못 게운 언어들이
밤하늘에 촘촘했다

―「해상 일기」에서

김 시인의 말에는 농사와 바다가 함께 있다. 그도 그럴 것이
그녀의 고향 강원도는 산과 들과 바다를 함께 한살림으로 묶
은 생업의 고장인 덕이다. 시인에게는 아주 좋은 옥토다. 골고
루 모든 자연의 혜택과 거꾸로 그 폐해를 경험할 수 있기 때문
이다. 인생에 있어서 성공보다는 때때로의 실패나 고통이 천
하의 명약이 될 수도 있다. 밀도 높은 글을 쓸 재료가 풍부하
다는 말이다. 치밀한 계산으로 살 수 없기에 우연으로 혹은 운
명처럼 다가오는 많은 일들은 한 사람의 자산이자 시인에게는
살아있는 어휘로 새겨진다. 누구도 건드릴 수 없는 영역은 보
통 그렇게 생겨난다. 해상 일기는 그런 그녀의 새로운 수첩이
다. 게워내고 싶은 말들과 인생의 부분들을 멀미로 토해낼 수
있는 핑계다. 비록 그녀의 항해가 물이 아닌 뭍에서 일어난 일
일지라도 상관없다. 평생을 보아온 아버지의 농사처럼 바다
는 그녀에겐 새로운 농토다. 어지러운 생애를 가늠하는 물이
차서 건들거리는 때때로 위험한 가방이다. 가위고 거울이다.

그녀가 아주 잘할 수 있는 일을 조심스럽게 찾도록 만든 타산지석이다. 게워낸 언어들은 시가 되었다는 말을 썼다. 은유는 그렇게 그녀 뒤에 숨어서 그녀를 지칭한다. 못 게워낸 언어들은 지금 하늘에 오른 무수한 별들이라 적었다. 그 별들을 매일 따서 지상으로 내리는 작업, 그녀의 작업은 글쓰기가 아닌 별을 따서 모으는 일이라는 낭만적인 해석이 가능하다. 역시 시인다운 발상이 읽는 모두에게도 별들로 보일 수 있을 것이리라.

섬버덩
택이네 암소가
복지경에 몸을 풀었다


엄마, 여기가 사하라인가요?


미안하다 아가야
세상 삼복을 건너려면
일찌감치 된맛도 봐야 한단다

— 「폭염 1」에서


그녀의 위트가 유감없이 드러난 시다. 폭염 염천에 하필 새끼를 낳은 어미 소와의 소통을 송아지를 빌어 나눴다. 해마다 여름은 길어지고 겨울은 추워진다. 혹서와 혹한이 한반도를 덮는다. 삼한사온의 규칙이 있던 시절은 그나마 더위도 추위도 위트일 수도 있었겠지만 이제는 아니다. 고난을 통과하는 순례길이다. 섬버덩. 이런 단어는 낯설지만 왠지 친근하다. 생의 어디쯤에서는 한 번은 들었을 것 같은 단어. 누군가 배려의 가슴을 베풀 때 쓰일 것 같은 단어다. 호기롭게 주저 없이 하는 말 같다. 그렇게 송아지가 태어난다면 송아지의 모든 예후는 안정적일 것 같다. 태어난 송아지가 어미에게 묻는다. 왜 이리 더운가 하고. 사하라라는 말이 아무렇지도 않게 써진 일도 실은 흥미를 넘어서는 일이긴 한데도 폭염이라는 단어가 그 모든 상황을 대변해서인지 그대로 받아들여진다. 사는 일이 요즘의 이런 날씨의 변화와도 같은 느낌이다. 어미 소의 답이 걸작이다. 세상 삼복을 건너려면 일찌감치 된맛도 봐야 한단다. 여인의 입장에서 보낸 삶을 누구보다 진하고 강하게 경험한 김 시인의 속내가 그대로 녹아있다. 어미 소처럼 송아지 같은 아이들을 향해 우리도 이런 위트 있는 답을 줄 수 있기를.

며칠 후 날아 든
말소사실통보서
강원 27두 ○○○○(폐차)

유언 한 줄 없는 통보서를 받는 순간
죄스러움이 울컥,


남편과 맞서보지도 못하고 달려 나와
막말을 토해도
샛길로 들어 길을 잃었을 때도
한눈팔다 제 머리가 박살났어도
절대 일러줄 줄 모르던


서랍 속 잠자는 보조키를 꺼내
두 손으로 꼬옥 포개 보는데
불쑥, 몸이 하는 말


이봐, 당신도 다 돼 가잖아

—「송별送別 1」에서


　세상과 만나는 존재도 있고 또 헤어져 사라지는 존재도 우리 생애엔 꼭 있다. 은유의 묘미야말로 시를 쓰는 대표적인 수사법이라서 누구에게나 익숙하게 느껴지겠지만 반드시 은유로 대상에게 생명을 주는 표현이 시의 전부는 아니다. 시가 지닌 조건들이 단순하지만 다양하다. 표현도 묘사도. 담백하게 쓰는 일만이 능사가 아닌지라 화려하고 유려한 표현법으로도 멋진 시를 쓸 수 있다. 단지 그 유려함이 시를 오히려 성가시게 만드는 일은 불필요하다는 말이다. 언어의 유희인 시작일지라도 내용이 부족한 언어는 주객이 바뀌는 일이다. 그렇다고 내용만 있는 시도 곤란하다. 그러니 그 균형을 맞추는 일이 시를 제대로 쓰는 균형감이다. 김인자 시인은 대체로 이야기의 구성과 균형감은 나름의 규칙이 있고 시의 진술과 그것을 통합하는 능력이 엿보이지만 아직 완전하지는 않다. 그러나 그가 언어를 다루는 솜씨가 예사롭지 않음으로 시력이 더해질수록 이러한 부분은 메워지리라 생각한다.

완급이 필요한 자리를 찾아서 쓰는 일도 마치 생의 속도와도 닮아있다. 지나친 속도감은 불안하고 불분명한 방향으로 비칠 수 있다. 가고자 하는 방향이란 시의 주제를 정하는 일인데 제목이 중요한 것도 바로 그 이유다. 제목이 이미 그 이야기의 8할이란 말을 해주고 싶다. 다행히 김인자 시인은 그런 균형감은 이미 갖추었다고 생각된다. 소재를 선택하는 일부터 그 소재를 재료로 이야기를 전개하는 것도 이미 어느 수준은 넘었다. 그렇다면 남은 일은 무엇일까? 식상한 이야기를 반복하는 일을 줄여서 소재가 지닌 맛깔스런 표현과 묘사, 혹은 아주 평이하지만 독자로 하여금 오랜 공감으로 뿌리내릴 수 있는 시를 찾아내서 그것을 김인자 시인만의 결이 살아있는, 즉 이름을 가려놓고 읽어도 그의 시가 지닌 특징이 도드라진다면 비로소 시적 영토를 확실히 갖게 되는 것이다. 말은 쉽지만 세상에서 가장 어려운 주문일 수도 있다는 것을 안다. 그 왕도를 안다면 누구에게나 같은 이야기를 해 줄 수 있으련만 언어를 다루는 수준이나 살아온 환경의 차이, 또한 이야기로 구성할 수 있는 문학적 능력의 차이는 지극히 개인적인 일이라 그 사람에게 맞춤한 조언을 줄 수밖엔 없다. 시 창작에 대한 칼럼과 강의를 오래 해왔지만 역시 정답은 없다. 모두에게 공통적으로 해당되는 말로 필자 역시도 평이한 이야기를 해주는 것이 전부라 안타까운 마음이 크다.

위 시는 '송별'이라는 소재를 두고 익숙했던 자동차와의 이별을 썼다. 마지막 연은 아주 영악한 한수로 띄웠다. '이봐, 당신도 다 돼 가잖아' 시의 충격은 이렇게 선명한 모습이라야 시로써의 가치가 보존되는 일이다.


자전거 주인인 할아버지
냄새를 눈으로 맡으셨는지
이걸 자네가 한 거냐, 벌름벌름 묻는단 말이지
먼지가 앉아 씌운 겁니다, 두 손 공손히 포갰더니
할머니와 손녀를 우리 미용실로 들이밀었단 말이지


그 비닐모자
은행알보다 구린 냄새막음 하는 건데

재료사면 공짜로 주는 거라 말 못 하지


말리려고 씌웠단 말은 더욱 못 하지

—「말 못 하지」에서


　시를 배우는 사람에게 필자는 "자신이 가장 잘하는 것을 쓰는 일이 가장 안전한 시작이 된다"는 말을 기회가 있을 때마다 해왔다. 사람도 단순히 안면이 있는 사람과 친숙한 사람과의 관계는 완전히 다른 것처럼, 시를 쓸 때도 익숙한 환경 안에서 잘 아는 내용을 쓸 때는 안과 밖을 살피면서 쓸 여유가 생긴다. 안과 밖이라는 말은 그 이야기의 진정성을 비롯해 유용성까지 동원할 수 있다는 말이다. 말을 하자면 의사는 의사라는 직업의 소재가 가장 진실에 가까운 것인 것처럼. 김인자 시인의 일이 여기에서 드러난다. 그녀의 직업은 보이는 대로 써진 그대로 미용사다. 머리를 손질하는 일이 그녀의 직업이다 아마도 그 일은 그녀에게 많은 이야기와 더 많은 기회를 주었으리라 본다. 그런 그녀가 자전거 보관소에 세워진 안장에 미용에 쓰는 비닐 캡을 씌워서 말린다는 내용이 전부다. 그 일로 인한 에피소드를 마치 말을 건네듯 하면서도 구어체로 쓰지 않고 문어체로 끝을 약간 상기시키는 작법을 써서 말에 대한 향기를 더한 느낌이 좋다. 하지만 이런 식의 전개는 상용하지 않는 편을 권한다. 다양성이라는 면에서는 다소 작위적인 방법이기 때문이다.


3.

스무 해 전, 외동아들 이름을 횡단보도 위에 지우고 숨을 쉬고 있다는 게 이상하다고 목구멍으로 밥알이 넘어가는 내가 어미냐 통곡하던


4.

알을 품던 어미가 병아리를 까던 날 엄동에 잘못될까 어미 닭이랑 아들 쓰던 방으로 들였다고


5.

너무 이쁘다고, 너는 이런 소리 들어봤냐고 요즘 형부랑 얘들 크는 거 보며 산다며 삐악거리는 동영상을 보내주기도

— 「동지」에서


동지冬至란 말에는 기나긴 밤이 들어있다. 언니를 말하려는 글에 오히려 그녀가 들어앉아 있다. 녹록치 못한 삶을 다들 살면서 온갖 사정들을 인생에 들이고 살면서 자신이 그 불행한 이야기의 주인공은 되지 않을 것을 원칙으로 삼는다. 지나

친 불행은 인생을 좀먹는 위험하고 치명적인 병원균이다. 자 칫 그 불행에 남은 것 모두 떠내려 보낼 수도 있다. 언니의 불 행은 담담하게 쓸 수는 없었을 김 시인의 입장이 이해된다. 청 계를 키우면서 연신 자신의 처지에 대입을 하는 모성이 참으 로 애절하다. 닭이 병아리를 돌보는 모성애는 이미 알려진 일 이라 아마도 그런 발상이 훨씬 절박하게 먹히든 것일지도 모 를 일이다. 아무튼 언니의 불행은 외동아들을 잃은 시점에서 시작됐지만 살아남았다는 죄책감은 날마다 그 불행을 확인하 고 불행을 잊을까 더욱 근심한다. 살면서 맞닥뜨리는 불행은 기승전결을 두고 해결해가기란 실질적으로 불가능한 일이다. 그런 모습을 마치 번호를 매긴 것처럼 하나씩 설명하고 있다. 이런 것은 칸막이를 하는 일과도 같다. 물막이로 더는 불행이 밀려오지 않도록 가로막는 듯한 안정감을 준다. 언니가 이미 당한 불행에의 해법은 여의치 않지만 그 단순한 염원을 나누 려는 연민이 보인다. 사건과 사건마다 그녀의 노력이 선명한 사랑으로 드러난다. 무엇이 우리를 불행으로부터 도움이 될 까마는 곁에서 연민의 눈길로 봐주는 사람들이 있다는 것이 그나마 위안이다. 삶이 불행할수록 시와 기도는 간절해지는 법이라는 말이 확연한 시다.

초어름 하늘가
뻐꾸기 울음 푸르더니

어머니, 올해도 감자꽃이 피었네요

당신 그늘에서
딴엔, 머리를 굵었다고
치고받고 불거짐에 마음 부르터도

초연히 앉아
치맛자락 덮어주며
창백해져만 가던 그 안색
내 어찌 다 알겠다 하겠습니까만

거친 세상
데굴데굴, 한 알 감자로 구르다
씨눈 한쪽 내어 줄 때 되고 보니
조금, 아주 조금은 알 수 있을 것 같습니다

뻐꾸기가 왜 그리 울었는지를

―「감자꽃」에서

시절은 무르익어 하지가 가까웠나 보다. 감자꽃이 피고 있
다. 시 안에서는 온갖 세상이 공존을 한다. 동지와 하지가 어
깨를 맞대고 있다. 환희와 불행이 한 이불을 덮으려 한다. 실

제의 생활에서도 일어나지 말란 법은 없으나 이렇듯 한 페이지만 넘겨도 바로 안면이 바뀌는 상황을 만나기란 쉬운 일만은 아니다. 이런 공존의 급변을 하루 한 권의 시에서 다 만나니 가히 인생을 망라한 글을 짧은 시간 내에 맞닥뜨리는 경험으로는 최선의 일을 시인은 해내는 것이다. 시의 잘잘못을 따지기 전에 필자 역시도 한 사람의 독자로서 감사의 인사를 전하고 싶다. 시의 단락을 나누는 문제는 이야기를 나누는 의미와 동시에 감정의 변화를 표현하는 가장 좋은 방법인데 칸막이 같은 단락의 결단이다. 그 방법 중에서 이렇게 숫자나 서수로 구분하는 일은 시의 환경에 환기를 시키는 도구로 사용해도 좋지만 단락별로 시인의 감정을 나누는 파티션의 역할도 충분히 해주는 장점일 수 있다.

제 속으로 끓여
다 내어주던 냄비가 바닥에 꽃피웠다

생을 다할 때면 꽃을 피우는가
한 생애가 부르텄다

한 송이 꽃을 피우는 일은
안고 있던 불덩이 내려놓는 일
가슴으로 삼킨 눈물 쏟아내는 일

바다보다 푸른 서방을 바다에 담보 잡히고
하루하루 던져주는 생선으로
다섯 남매 키웠다는 요양원 순이 할머니
야위신 얼굴에 저승꽃 만개했다

—「끝에 피는 꽃」에서

봄볕이
대지의 잠을 깨우던 날

언제 들었는지 모를
불명의 씨앗 하나
발아하려는지
봄은 내 어깻죽지에서도 달싹거렸다

실뿌리를 내리는가 싶더니
영역을 넓히는지
등 너머까지 들썩이며
길을 내는 게 아닌가

놀라워라
저무는 몸에도

이토록 힘찬 생이 자랄 수 있다니

불면不眠이 이리도 찬란하다니


올여름

몸 밭이 춤을 추겠다

대풍 들겠다

─「풍년 들다」에서


　저승꽃이 만발한 할머니는 끝의 꽃이 되셨다는 표현이 사람의 끝도 아름다울 수 있는 이름표를 달아준, 마치 꿈속에서 아련한 세레나데를 들은 기분이다. 한 편의 영화와도 같다. 몽환이 아니라도 철저한 슬픔도, 또한 그것을 인정하는 마음이 그런 끝에서 꽃을 피우는 일이라는 표현이 잔잔히 아름답다. 여운이 길다. 인생이라는 길을 걸어온 일이 이렇게 많은 일들로 얼룩져 있다는 것이 얼룩 꽃으로 필 수도 있음을 말하는 것이 다행이다. 꽃은 장식이자 훈장이자 가장 애절한 순간의 박제이기도 하다. 사람들은 그래서 기쁜 날에도, 슬퍼서 몸 둘 바를 몰라 하는 날에도 꽃으로 그날을 장식한다. 슬픔을 달랠 꽃이기도 하고 환희를 극대화시키는 선물이기도 한 꽃. 여인과 꽃은 서로 많이도 닮아있다. 곱다 아름답다는 대명사로도 그렇고 감정을 확대해석하려는 의도 또한 닮았다. 감정을 다스리는 방법으로의 꽃도 그렇다. 여인으로 살아왔던 시간을 마무리하는 여인이 그곳 요양원에서 끝을 기다리신다. 봄볕이 어깻죽지를 달싹대던 시간은 풍년으로 가는 길을 등 너머로까지 넓히기도 하는데 어찌 이 봄은 꽃이 피는 것으로 말을 다 하진 않는 것이라고 시가 말한다. 시인이 하려는 말을 시가 하도록 내버려 둘 수 있는 시간이 됐다.

　이제 그런 시간이 됐다고 말하는 시를 다시 읽고 또 읽어본다. 분량으로도 적지 않지만 분량을 넘어서는 시인의 시간을 차례로 함께 동행해온 기분이다 마치 긴 잠에서 깨어난 느낌 같기도 하고, 거꾸로 이제 긴 잠으로 들 시간이 아닌가 싶은 몽환이 밀려오기도 하다. 책 한 권 분량의 미몽에서 꿈을 제대로 들었다 놓은 느낌이 참 평안하다. 이런 면으로 보면 김인자 시인은 이제 시라는 작업의 제 궤도에 오른 성숙함을 보여주는 출발이 잘 되었다고 말하고 싶다. 인생이라는 그 모진 굴곡을 뚫고 피어난 꽃이 그녀라고 말해 준다. 사람은 분명 꽃보다 아름답다. 꽃의 연한은 짧아서 열흘 붉은 꽃은 없다고 하는데 여인으로 살아온 시간은 꽃의 몇 백 배를 견디면서 발화를 한다. 마치 불꽃이 터지듯이 피어난다. 필자는 김인자 시인이 피우고 있는 인동초 같은 꽃, 그 인고의 세월을 온몸으로 살아온 그에게 훈장을 달아주고 싶다.

　꽃은 피어서 시들지만 시인은 피고 지는 법을 모른다. 사람의 입에서 입으로, 혹은 마음에서 마음으로 피고 핀다. 시간이라는 연한은 사라진다. 문학이라는 영속의 꽃은 지지않는 꽃으로 무너지지 않는 탑으로 선다, 우리가 그 자리에 서고 싶다하여 설 땅은 아니라지만 지속적인 글쓰기를 통하여 시인 스스로가 사람의 언어에서 축복이 되는 말을 찾아낸다면, 그리하여 무뎌지지 않을 서정으로 정신으로 그 언어를 벼린다면 반드시 시가 주는 화려한 평안을 그 먼저 누릴 수 있다고 믿는다. 그의 첫 시집을 통하여 시인 김인자와 함께 시 속을 걸어온 시간이 행복했다. 축하와 축복의 마음을 보낸다.

시로여는세상 시인선 042

# 우화를 엿보다

ⓒ2019 김인자

| | |
|---|---|
| 펴낸날 | 2019년 11월 25일 |
| 지은이 | 김인자 |
| 펴낸이 | 김병옥 |

| | |
|---|---|
| 펴낸곳 | 시로여는세상 |
| 등록일 | 2001년 12월 7일 |
| 등록번호 | 성북 바 00026호 |
| 주소 | 02875 서울시 성북구 보문로 29다길31, 114-903 |
| 편집실 | 03157 서울시 종로구 종로 19(르메이에르 종로타운) B동 723호 |
| 전화 | 02)394-3999 |
| 이메일 | 2002poem@hanmail.net |
| 블로그 | http//blog.daum.net/2002poem |

| | |
|---|---|
| 편집 미술 | 김연숙 |
| 제작 공급 | 토담미디어 02)2271-3335 |

ISBN 979─89─93541─62─5